Inhalt

1 mit musik

5 blüh
6 chanson
8 andantino
8 ohren im konzert
9 pi
10 etüde in f
12 calypso
13 weltgebräuche
14 canzone

2 volkes stimme

15 die mutter und das kind
16 die tassen
18 16 jahr
19 bäää
20 doixannda
22 doodngroowaaaaaaaaaa
23 doode
24 tohuwabohu
28 koots
29 talk

3 krieg und so

30 die tränen
31 ode auf N
34 wie fast
35 feuer
36 treidelweg
37 wien : heldenplatz
38 schtzngrmm

uuu

4 doppelchor

43 so
44 doppelchor
45 sieben kleine geschichten
46 flichtinge begegnung
47 dER RITTER
48 du warst zu mir
49 erschaffung der eva

5 autors stimme

50 s———c———h
51 jeeeeeeeeeeeeeeeeeeeeee
52 blammmmm
53 glllllllllllllli
54 i
55 leeeeeeeee
56 rrreeeeeeeeee
57 mein

6 kleine erdkunde

58 niagaaaaaaaaaaaaaaaa
59 amsterdam
60 drei städte
63 bericht über malmö
67 prosa aus der flüster-
galerie

7 kuren

74 boooooooooooooooooooo
75 wasser
77 einganzeslavoir
78 bitteschneu
80 stilton cheese
81 drei visuelle lippen-gedichte

82 *8 der blitz*

9 jahreszeiten

89 springbrunnen
90 der atlas
91 in weißem hemd
92 mineralien
93 im
94 des vaters
95 ein schneebild
96 treiben
96 dezem

10 zehn abend-gedichte

97 eos
98 das stürmische doch
99 ein reh
100 nie hab ich
101 fort
102 zu dir
103 du
104 sinkt
105 der ärmste
106 sanft und klar

11 bestiarium

107 unendlich
108 eulen
109 auf dem land
110 viel
112 die klinke des pinguins
118 ernst jandls weihnachtslied
119 bestiarium

12 epigramme

125 wo bleibb da
126 risch
127 tee : ein stück
128 BESSEMERBIRNEN
128 wieder ein reuter
129 verscheuchung zweier farben
130 runzte ber
131 der vater
132 minz den gaawn
133 la zeechn u bapp
134 epigramm
135 zweierlei handzeichen
135 lichtung
136 fotografie a. ok.
136 psssnt
137 japanische wunderblume
138 schnu

139 *13 klare gerührt*

156 Helmut Heißenbüttel: Nachwort
159 Biblio-biographische Notiz

1 mit musik

blüh

luft
blüh kuckuck
schmetterling

maus
in kellern
zitternd
bleiche

schmettere
trompeten

fröhlich
specht
in herzen

chanson

l'amour
die tür
the chair
der bauch

the chair
die tür
l'amour
der bauch

der bauch
die tür
the chair
l'amour

l'amour
die tür
the chair

le tür
d'amour
der chair
the bauch

le chair
der tür
die bauch
th'amour

le bauch
th'amour
die chair
der tür

l'amour
die tür
the chair

am'lour
tie dür
che thair
ber dauch

tie dair
che lauch
am thür
ber'dour

che dauch
am'thour
ber dür
tie lair

l'amour
die tür
the chair

andantino

ein andantino schneidet sich ein stück wurst vom finger und füttert damit seinen turteltauben hund. wenn der turteltaube hund von geburt an ohne gehör ist, nimmt er die speise dankbar entgegen. andernfalls erinnert er sich bei ihrem anblick möglicherweise an eine grammophonplatte. diese unannehmlichkeit kann das andantino sich und seinem turteltauben hund, sofern dieser ans grammophonspiel gewöhnt war, dadurch ersparen, daß es den turteltauben hund vor der fütterung umstülpt. die hündische turteltaube ist mit körnern zu füttern.

ohren im konzert

der pianist läßt seine finger in die flasche rinnen, die ein klavier ist, und die flasche spritzt die finger als kölnischwasser in die ohrengalerie. die ohren aber haben keine feinen nasen. daher lassen sie das kölnischwasser in die ohrenständer rinnen, die innen hohl sind bis zu den plüschpolstern, auf denen sie als tiefe brunnen sitzen, und gähnen einander in den mund.

pi
  ano
  anino
  anissimo

pi
pi

o
  nano
  nanino
  nanissimo

o
pi

etüde in f

eile mit feile
eile mit feile
eile mit feile
durch den fald

durch die füste
durch die füste
durch die füste
bläst der find

falfischbauch
falfischbauch

eile mit feile
eile mit feile
auf den fellen
feiter meere

auf den fellen
feiter meere
eile mit feile
auf den fellen

falfischbauch
falfischbauch

eile mit feile
auf den fellen
feiter meere
feiter meere

falfischbauch
falfischbauch
fen ferd ich fiedersehn
falfischbauch
falfischbauch
fen ferd ich fiedersehn
fen ferd ich fiedersehn
falfischbauch
fen ferd ich fiedersehn
falfischbauch
falfischbauch

ach die heimat
ach die heimat
fen ferd ich fiedersehn
ist so feit

calypso

ich was not yet
in brasilien
nach brasilien
wulld ich laik du go

wer de wimen
arr so ander
so quait ander
denn anderwo

ich was not yet
in brasilien
nach brasilien
wulld ich laik du go

als ich anderschdehn
mange lanquidsch
will ich anderschdehn
auch lanquidsch in rioo

ich was not yet
in brasilien
nach brasilien
wulld ich laik du go

wenn de senden
mi across de meer
wai mi not senden wer
ich wulld laik du go

yes yes de senden
mi across de meer
wer ich was not yet
ich laik du go sehr

ich was not yet
in brasilien
yes nach brasilien
wulld ich laik du go

weltgebräuche

heller himmel
in diesem abgrund

auf lippen schweben
auf grauen haaren

ein fremder zweig
ohne gärtners hilfe

donnernde posaunen
mit tränendem gesicht

canzone

ganz
ganz
    ohne

völlig beraubt

canzone

ganz
ganz
    ohne

völlig beraubt

2 volkes stimme

die mutter und das kind

üch
wüll
spülen

spül düch
meun künd

die tassen

bette stellen sie die tassen auf den tesch
perdon
stellen sie die tassen auf den tesch
perdon
die tassen auf den tesch
perdon
auf den tesch
perdon

nöhmen
nöhmen
nöhmen sö söch
nöhmen sö söch eune
nöhmen sö söch eune tass
eune tass
donke
donke

eun stöck zöcker
zweu stöck zöcker
dreu stöck zöcker
                    donke
                    zörka zweu stöck
                    zöcker

follen
follen
hününtergefollen
                    auf dön töppüch
                                        neun
                                        nur dör hönker üst wög
                    pördon
bötte bötte

16 jahr

thechdthen jahr
thüdothdbahnhof
thechdthen jahr
wath tholl
wath tholl
der machen
thüdothdbahnhof
thechdthen jahr
wath tholl
wath tholl
der bursch
wath tholl
der machen
wath tholl
wath tholl
der machen
thechdthen jahr
thüdothdbahnhof
wath tholl
der machen
der bursch
mit theine
thechdthen jahr

bääa
daaa
wuallitzaaa
bääa
daaa
wuallitzaaa
haun
schünkint
haun
schünkint
haun
schünkint
wuallitzaaa
wuallitzaaa
bääa
daaa
wuallitzaaa
bääa
daaa
haun
schünkint
haun
schünkint
haun
schünkint
haun
schünkint
haun
schünkint
wuallitzaaa
bääa
daaa
baaa

doixannda
waast
doixannda
maanst
wwoadadea
doixannda
maanst
wwoadadea
wwoadadea
füü
wwoadadea
füü
doixannda
waast
doixannda
wwoadadea
maanst
wwoadadea
füü
wwoadadea
füü
maanst
wwoadadea
füü
doixannda
maanst
wwoadadea
füü
füü
gressarois
maanst
wwoadadea
füü

gressarois
gressarois
maanst
wwoadadea
füü
doixannda
waast
doixannda
maanst
wwoadadea
füü
gressarois
füü
gressarois
füü
füü
gressarois
wwoadadea
füü
maanst
wwoadadea
füü
gressaroisiii
doixannda

doodngroowaaaaaaaaaa
in määne sokkn
sann dmottn
i schbias
bisindbaaaaaaaaaaaaaa
doodngroowaaaaaaaaaa
bisindbaaaaaaaaaaaaaa
schbiiri dmottn
din määne sokkn
saaa
doodngroowaaaaaaaaaa

doode
schbrooooochn
doode
schbrooooochn
graaanzgrid
ladään
slirchenkaaawisch
doode
schbrooooochn
doode
schbrooooochn
graaaaaaaaaan
graaaaaaaaaan
graaaaaaaaaan
ooowa
swiad
nimma
innda
frrua

tohuwabohu

hu
–
bo
–
hu
–
bo
–
hhu
–
bo
–
otto
–
bo
–
ottto
–
bo
–
ohoo
–
bo
–
o

babba
babba
toobaba
toobaba
tohuubaba
tohuubaba
tohuwaababa
tohuwaababa
tohuwaboobaba
tohuwaboobaba
tohuwabohuubaba
tohuwabohuubaba
tohuwaboobaba
tohuwaababa
tohuubaba
toobaba
babba

ooha
ooha
ooha
–
uhu
–
ohoo

tot
tut
tat
tot
tu

totuuutatotu
totutaaatotu
totutatoootu
toootutatotu

tut tut
–
tut tut
–
tut tut
–
tut tot
–
hut ab
–
hut ab
–
hut ab

o
oo
ooo
oooo
ooooo

a watta
a watta
a watta

koots

settket ekk
settket ekk
kee ekko
kee ekko
settket ekk
settket ekk
kee ekko
kee ekko
settket ekk
settket ekk
e klees ekko
e klees ekko
keeeeets
keeeeets
etts keets
etts keets
kooooots
kooooots
ett kett koots
ett kett koots
e koots ekko
e soo e koots ekko
sootl koots

talk

blaablaablaablaa
blaablaablaa
blaablaablaablaa
blaablaablaa
bäbb
bäbb
bäbbbäb
bäbbbäbäb
bäbäbbb
bäbb
bäbb
bäbbbäb
bäbbbäb
bäbäbäbbb
blaablaablaablaa
bäbb
bäbb
bäbbbäb
blaablaablaa
bäbäbbb
bäbb
bäbb
bäbäbbb
bäbb
bäbb
bäbbbäb
bäbäbbb
blaablaablaablaa
bäbäbbb

3 krieg und so

die tränen
d
sind
er
die tränen ind
erin
sind
derfr
die tränen anzösi
ndesmäd
sind
chensaus
die tränen kölndersc
hwarzengöt
sind
tinvomunter
die tränen ennil

ode auf N

lepn
nepl
lepn
nepl
lepn
nepl
o lepn
o nepl
nnnnnnnn
lopn
paa
lopn
paa
o nepl
o lepn
plllllll
lepn
plllllll
lepn
plllllll
nepl
lepn
plllllll
lopn
paa
noo
paa
noo
papaa
noo
nonoo
nononoo
nonononoo
paa

pl
paa
pl
pl pl
ononn
onononn
ononononn
lepn
eoooo
lepn
eoooo
nepl
ananann
nepl
anananann
eoooo
eoooo
lepn
eoooo
lepn
lepn
eoooo
eoooo
eooooooo
nnnnnnnnnnnnn
plllllllllll
pl
na
naaa
naaaaaaa
naaaaaaaaaaaa
naaaaaaaaaaaa
naaaaaaaaaaaa
pooleon
pooleon
poleeeon
pooleon

poleeeon
naaaaaaaaaaaa
pooleon
poleeeon
naaaaaaaaaaaa
poleeeon
poleeeon
naaaaaaaaaaaa
pooleon
poleooon
pooleon
poleoooon
naaaaaaaaaaaa
nanaa
nanaa
nananaa
nanananaa
naaaaaaaaaaaa
poleoooon
naaaaaaaaaaaa
pooleon
pooleon
poleeeon
poleeeon
poleeeon
poleoooon
poleoooon
oooon
oooon
oooon
IIIIIIIIIIIIIIIIIIIIIIIIIIIIIIII

wie fast

wie fast
wie bitter
wie kaum

sollen wir aus anderen
sollen wir aus entfernten
sollen wir aus fremd

wie fast
wie bitter
wie kaum

können das alles überhaupt
können das alles unbesorgt
können das alles hier

wie fast
wie bitter
wie kaum

sind schon versamm
sind schon vollzähl
gehen schon

wie bitter
wie kaum

feuer
in welchem
im feuer

in welchem feuer
im feuer

welken
in welchem
im feuer

in welchem feuer
im welken

feuer
in welchem
im welkenden

in welchem welkenden
im feuer

feuer
im welk
enden

in welchem welk
im feuer

treidelweg

beinsammler
beil beil
bauchsammler
lilie lilie
berme

der aus zwei köpfen bestehende
gründer einer volkshochschule
mit einer art bürste an der unterseite

apulien

sakrale umzüge auf den feldern
können durch biß übertragen werden
um abrutschen zu verhüten

beil beil
berme

agnes bernauer
schöne baderstochter
stockduft stark wirksam
periodischer komet
maischbottich

lilie lilie

auch preußische reiter
vernegerten

wien : heldenplatz

der glanze heldenplatz zirka
versaggerte in maschenhaftem männchenmeere
drunter auch frauen die ans maskelknie
zu heften heftig sich versuchten, hoffensdick.
und brüllzten wesentlich.

verwogener stirnscheitelunterschwang
nach nöten nördlich, kechelte
mit zu-nummernder aufs bluten feilzer stimme
hinsensend sämmertliche eigenwäscher.

pirsch!
döppelte der gottelbock von Sa-Atz zu Sa-Atz
mit hünig sprenkem stimmstummel.
balzerig würmelte es im männechensee
und den weibern ward so pfingstig ums heil
zumahn: wenn ein knie-ender sie hirschelte.

schtzngrmm
schtzngrmm
t–t–t–t
t–t–t–t
grrrmmmmm
t–t–t–t
s———c———h
tzngrmm
tzngrmm
tzngrmm
grrrmmmmm
schtzn
schtzn
t–t–t–t
t–t–t–t
schtzngrmm
schtzngrmm
tsssssssssssss
grrt
grrrrrt
grrrrrrrrrt
scht
scht
t–t–t–t–t–t–t–t–t–t
scht
tzngrmm
tzngrmm
t–t–t–t–t–t–t–t–t–t
scht
scht
scht
scht
scht
grrrrrrrrrrrrrrrrrrrrrrrrrrr
t–tt

hauuuuuuuuuuuuuuuuuuuuuuuuuuu
se
jja
wooooooooooooooooooooooooooo
l
s——————c——————h
önn
wärsss
hauuuuuuuuuuuuuuuuuuuuuuuuuuu
se
jja
abbb
grrrrrrrrrrrrrrrrrrrrrrrrrrrrrrrrrrrrrrrrr
daddda
daddda
dadddaddadda
jja
loiiiiiiiiiiiiiiiiiiiiiiiiiiiiiiiiiiiiiiiiiiiiiiiiiiiiiiiiii
se
immm
pullooooooooooooooooooooooooo
wwa
jja
woll

onkel toms hütte
nkel toms hütt
kel toms hüt
el toms hü
l toms h
toms
sssssssss
aaaaaaaaaaaaaaaaaaaaaa
t
o
t
o
m
t

fragment

wenn die rett
es wird bal
übermor
bis die atombo
ja herr pfa

falamaleikum
falamaleitum
falnamaleutum
fallnamalsooovielleutum
wennabereinmalderkrieglanggenugausist
sindallewiederda.
oderfehlteiner?

4 doppelchor

so
hilde
und so

hilde
so
und so

so
und so
hilde

und so
hilde
so

doppelchor

es mann spielst unser frauen mit nur schilfharfe
gehst ans fingerspitzen und vorbei es.
es frau spielst unser männer mit nur klarinettich
knopfst an und bläst ein immer lied aus es.
es mann spielst unser frauen mit nur momentharmonika
sperrst um und pfeifst schlüsselrüssel.
es frau spielst unser männer mit nur es violinerin
stellst an diriganten hin und wickelst den orchaster aus.

sieben kleine geschichten

es war einmal ein mann, der hieß THOMAS. dieser beugte sein knie. »wie du dein knie beugst«, sagte die frau. »und ob«, erwiderte der mann, »es regnet weiß ich nicht.«

es war einmal ein mann, der hieß JAKOB. »entschuldigung«, sagte dieser zu der frau, »aber du bist schmutzig.« »wohin?« fragte die frau.

»nicht so hastig. nicht so hastig. nicht so hastig«, sagte die frau zu dem mann, der ZEBORIUS hieß. »hast«, erklärte ZEBORIUS der frau, »du mich lieb?«

es war einmal ein mann, der hieß NEPOMUK. diesen fragte die frau: »wieviel uhr ists? wieviel uhr ists?« »halb«, sagte NEPOMUK, »ich dir nicht gesagt du sollst deine finger davon lassen?«

es war einmal ein mann, der hieß THADDÄUS. diesen fragte die frau: »was für eine farbe hat es?« »grü«, sagte THADDÄUS bescheiden, »ßgott.«

»warum denn? warum denn? warum denn? warum denn?« fragte die frau den reichen JONATHAN. »damit«, gab der reiche mann zur antwort, »kannst du nicht umgehen, frau.«

es war einmal ein mann, der hieß PETER. »wieviel uhr ists? wieviel uhr ists? wieviel uhr ists?« fragte diesen die frau. »ach«, sagte PETER traurig, »t.«

flichtinge begegnung

augn
    ins
augn
    ins
augn
    ins
        o frau was willt du
        hier auf der straßn
        und mitn großngroßn
augn

dER RITTER

Eln woRT adElT sElnE buchsTabEn

slE dEn RITTER mlT lhR fahREn blTTE slE
ER jETzT schlafEn odER RodEln gEhE ER
slE hlER zlmmER zu vERmlETEn sElEn slE
ER jETzT schlafEn odER RodEln gEhE ER

slE dEn RITTER lhR Tod nlchT sEln blTTE slE
ER hElfEn ER wollE habE gEwollT wERdE hElfEn wollEn ER
slE dEn RITTER lhR hERz schlagEn fühlEn blTTE slE
ER hElfEn ER wollE habE gEwollT wERdE hElfEn wollEn ER

slE ER slch nlchT zu schämEn bRauchE slE
ER am llEbsTEn schlafEn odER RodEln glngE ER
slE Eln vERgnügEn ERwaRTEn auch Eln vERgnügEn sEl slE
ER am llEbsTEn schlafEn odER RodEln glngE ER

slE lhn laufEn sEhE lhm bauEn hElfE slE
slE das wERk wElTER blühEn und gEdElhEn mögE slE
slE aaaaaaaaaaaaaaaaaaaa Eln RITTER Eln RITTER sEl slE
ER Es lhm ElnE angEnEhmE pfllchT lhR füR lhRE wERT-
    vollE mlTaRbElT sElnEn bEsTEn dank ETc ETc sEl ER
dER RITTER

du warst zu mir ein gutes mädchen
worst zo mür eun gotes mödchen
du warst zu mir ein gutes
zo mür eun gotes mödchen
du warst zu mir ein
mür eun gotes mödchen
du warst zu mir
eun gotes mödchen
du warst zu
got mödchen
du warst
zo mür
zu gut
mödchen

worst zo got
zu
mür

g o tt

p

q

r

adam s
ripp e
a
dam
ipp et
am a d
pp e
m u
a d a
p e

eva d a m

5 autors stimme

s----------c----------h

tern

s-------------------c-------------------h

terben

jeeeeeeeeeeeeeeeeeeeeeeeeeeeee
--
suss
g
g
kc-------------h
ommmmmmmmm
h--------------h
jeeeeeeeeeeeeeeeeeeeeeeeeeeeee
--
suss
komm
kommmm
kommmmmm
kommmmmmmm
hrrrrrrrrrrrrrrrrrrrrrrrrrrrrr
herrrrr
jeeeeeeeeeeeeeeee
eeeeeeeee
eeee
--
suss

blammmmm
abel
abel
abel
abel
abel
abel
blammmmm
irt
irt
irt
irt
irt
abel irt
abel irt
abel
abel
abel irt
blammmmm
abel irt
asch
blammmmm
asch
abel
irt
asch
as-c-h
as--c--h
as---c---h
as----c----h
as--------c--------h
abel
ibel
abel
ibel
abel
ibel
abliblabliblabliblablibla
mmmmmmmmmmmmmmmmmmmmm

glllllllllllllli
gllllllllllllllla
urglurglurglurglllllllllllll
iiiiiiiiiiiiiiii
onglonglonglonglonglonglonglonglong
baaaaaaaaaaaaaaa
uuuuuuuuuuuuuuuu
llllllllllllllll
 bi
 u
a
  i
 u
o
 bi
 u
a
iiii
urglurglurglurglllllllllllll
babababa
i
uuuuuuu
weißt

i
ch
b
i
n

ow
ow

w
ooo

i
ch
b
i
n

dnu
du
dnu
du

und

ass

i
u
a
i
u
a

tuu
tuu

ch
ch
wwwwwww
siehtmirgottmeinvaterzu

leeeeeeeeee
           rrra
leeeeeeeeee
           rrra
le
  rrra
le
  rrra
le
  rrra
lerrra

               und

                   ein

               und ein
               und ein und

                   ein

                           ekze
                           ekze
                           ekze
                       mmmmmmmmmmmm
                           ekze
                       mmmmmmmmmmmm
leeeeeeeeeeeeeeeeee
                    rr
               und
                    ein aaaaaaaaaaaa
                                    rrr
                                       z t
                                   a
                                    rrrrrr
                                       z t
                            ekze mmm

               unts---------c----------h

                                         üler

rrreeeeeeeeee
d
de
den
de
rrrrrrrrrrrrr
dende
rrrr
dende
rrrrd

ENDE

szn rrmmm
szn rrmmm
szn rrmmm
siiiiiiiiiiiiiiiiiiiiii
zn rm
zn rm

heeeeeeeeeeeeeeeee

rrummmm

si
zen
de

reden
eden
den
eden
reden
eden
den
eden
rrrrrrrrrrrrrrrrrrrr

e e

mein

z z z z z z z z z

immer

liegt

süüüüüüüüüü
dwärts

die
nac-------h
t
darin

tr tr tr tr tr tr tr tr tr

aumlo
s

6 kleine erdkunde

niagaaaaaaaaaaaaaaaa

ra felle

niagaaaaaaaaaaaaaaaa

ra felle

amsterdam

1
die haus stiehlst zum mütze.
an wäre kalten die fagott.
den türe schneidest vors apothekerin.
ob würde nassen das flöte.

2
der schwesterchen klapptet die löwe
schief zur veilchen kleines kuckuck.

3
ein männer kittest in bord
was frosch vorn des zifferblatt
zum poliertes biene.

4
ans abend salziges fürs polizist
blättertest das birne auf die profilschmalz
zu an ob treffen amsterdam die vogel
das turm des frau sträubtest zum sonne.

drei städte
ein theaterstück in zwei akten und einem nachspiel

erster akt

lo	[beiseite]	:	ndon
p	[mit sich selbst redend]	:	aris
l	[ihm entgegen]	:	ondon
pa	[langsam vorkommend]	:	ris
lo	[aufstehend]	:	ndon
par	[der dazu kommt]	:	is
lon	[sich einhüllend]	:	don
pari	[beklemmt]	:	s
lond	[verschwindet hinter dem gitter]	:	on
paris	[hält das instrument mit zittern-der hand]		
londo	[geht, mit sich selbst kämpfend, auf und ab, bis er losbricht]	:	n
rom	[steigt vom baum]		
london	[stürzt zur erde]		
rom	[ab]		
londo	[deutet nach links]	:	n
paris	[betrachtet ihn mit befremdung und erstaunen und schweigt eine zeitlang, eine starke innere bewegung zeigend]		
lond	[ihm steif in die augen sehend]	:	on
pari	[fortfahrend]	:	s
lon	[leise]	:	don
par	[von außen]	:	is
lo	[mit zeichen des erstaunens]	:	ndon
pa	[äußerst bitter]	:	ris
l	[von innen]	:	ondon
p	[außer sich]	:	aris
lo	[ebenso]	:	ndon

zweiter akt

l-l	[mit sich selbst redend] :	ondon ondon
pari-pari	[hebt ihn in die höh und küßt ihn] :	s s
lo-lo	[langsam vorkommend] :	ndon ndon
par-par	[außer fassung, zitternd] :	is is
lon-lon	[ihm folgend] :	don don
r-r	[blickt schüchtern herein] :	om om
pa-pa	[dringender] :	ris ris
ro-ro	[sich erhebend und ihm entgegenhüpfend] :	m m
lond-lond	[zieht sich aus und an] :	on on
p-p	[der auf ihn zustürzt und seine hand ergreift, die er bis zum ende nicht wieder fahren läßt] :	aris aris
londo-londo	[drohend] :	n n
p-p	[küßt ihn] :	aris aris
lond-lond	[fruchtlos sich loszuwinden suchend] :	on on
ro-ro	[spielt und singt] :	m m
pa-pa	[grimmig lachend] :	ris ris
r-r	[ihm die hand auf die achsel legend, mit einer gewissen feierlichkeit] :	om om
lon-lon	[der früher spähend abgegangen ist, kommt jetzt eilig zurück] :	don don
par-par	[vertraulich näherrückend] :	is is
lo-lo	[kalt] :	ndon ndon
pari-pari	[ihm ein kleines gemälde zeigend] :	s s
l-l	[die hand schmerzlich nach der gruppe hinbreitend] :	ondon ondon

nachspiel

erste szene

london	[auf sie zueilend und ihre hand fassend]	: rondon
rom	[versucht zu antworten, stockt aber und schlägt den blick verlegen zu boden]	
paris	[eine ihrer hände fassend und mit der andern über ihre stirn streichend]	: pondon
london	[huscht fort, mit weit aufgerissenen augen vor sich hinstarrend]	
paris	[sich nähernd]	: pom
rom	[versucht zu antworten, stockt aber und schlägt den blick verlegen zu boden]	
london	[mit tränenerstickter stimme]	: laris

zweite szene

rom		: du gehst ich gehe ja so komm
paris		: wir haben ihn wen meint ihr habt ihr was ists
london		: laß mich geh verrat mich du vergißt dich geh mir aus dem gesicht
paris	[kommt mit einem brief]	
rom		: es scheint er hats
london		: ja meine teuerste

bericht über malmö

l
m
ö
m
a
öl
m
öl
mal
öl
m
ma
l
lö
öl
lamm
mal
lamm
öl
lö
lamm
mal
lamm
mal
öl
l
m
l
am
öm
ma
lö
mal
am

lamm
mal
am
öl
mal
am
öl
mal
lamm
mal
am
öl
lamm
mal
am
lamm
öl
lö
m
l
m
ma
am
alm
am
alm
mal
öl
am
alm
mal
lamm
am
alm
mal
am
lamm

alm
mal
am
öl
alm
mal
lamm
mal
öl
mal
alm
mal
lamm
öl
mal
alm
mal
öl
lamm
mal
alm
mal
lamm
mal
öl
alm
mal
lamm
alm
mal
öl
mal
lamm
öl
alm
mal
alm

öl
lamm
mal
öl
alm
lamm
mal
alm
lamm
öl
lö
m
l
m
ö
mö
mal
mö
ö
mö
mal
mö
ö
mö
mal
mö
mal
mö

prosa aus der flüstergalerie

england ist niedrig und grau. alles ist in england niedrig und grau. aber alles grau in england ist grün, und das ist das wunderbare. alles ist in england niedrig und grau. aber alles niedrige sind anker des himmels über england. das ist das wunderbare.

england ist. das ist seine geschichte. das ist englische geschichte. england ist niedrig und grau ist nicht seine geschichte, sondern das wunderbare. das ist das wunderbare an seiner geschichte.
england ist. nicht elisabeth I nicht hans ohne land nicht attlee nicht knut nicht löwenherz sind seine geschichte. england ist ist seine geschichte. englische geschichte. alle andern sind ein herzloser kreislauf.

grün ist das englische grau. und was für ein grün. blau [und was für ein blau] ist das grau des grünen himmels auf england. rot ist das grau des blauen grüns der rot-roten briefkastensäulen an den ecken, und die gärten sind [und was für gärten erst] gartengrau in allen grau-arten – in rot-rot grünen und gelbgrauen gartenfrühlingen.

zum sommer geht ein herbstweg, und ein mann macht aus runzeln einen herbstmann, der sommer macht aus einem mann runzeln, und der herbst macht aus runzeln einen weg für den mann. zum sommer geht jetzt nur noch ein herbstweg, der mann aus runzeln hat mit runzeln gerechnet, aber die mädchen sind soviel schminke wie blätter an der herbsthand, und das ist viel, besonders in der allee.

sie sind ein englisches mädchen ist ein gedanke, keine mögliche anrede. aber man denkt auf distanz. also denkt man auf distanz: sie ist ein englisches mädchen.
sie ist ein englisches mädchen ist ein gedanke, keine mögli-

che anrede. denn man redet ja nicht, man denkt nur. sie ist ein hübsches englisches mädchen ist ein hübscherer gedanke.

england ist nicht ein enges land, doch es hat seine maschen. diese breiten sich über das land wie ein fischnetz. es ist das weiteste fischnetz, von dem man sagen kann: es hat seine maschen, seine ordnungen. die schnüre sind pünktlich geknüpft, aber nicht gespannt. auch die heringe haben das leben vor den augen und kämpfen darum. england ist nicht ein enges land. aber es hat wenig spiralen.

ein berg ist ein wirklicher berg nur als einsamer fisch. ein einsamer fisch unter einsamen fischen: sie halten einander an den flossen, aber sie reiben nie ihre schultern aneinander, und sie schnuppern auch nicht. ihre münder sind nicht geölt, ihre augen sind trocken, ihre sprache ist die zeichensprache der einsamkeit, dürres eis, abwartendes geröll, stein bei steinen.

der tourist kauft sich eine eintrittskarte ins museum der alpen, wo das stochern erlaubt ist, und einen katalog in seiner sprache. im museum setzt der tourist seinen katalog auf wie eine brille, steigt auf einen ausgestellten berg und durchstochert mit unerklärlichem erfolg den rücken dieses fisches. in der pendeluhr, die er mit sich herumträgt, ist der tourist ein gutfunktionierendes pendelndes edelweiß, dem links genausoviel bedeutet wie rechts, zwischen der bank von england und einer luftigen pfund-sterling-wiese. seinen freunden aber zeigt er seinen alpenstock.

das bisherige england war eine rose oder eine hutschachtel. jetzt aber teilen sich die wege, und unter den hufen der spaziergänger kracht es wie perlen. die spaziergänger sind sehr zerstreut, aber auch eine zähe masse. ein klebstoff, mit dem man die zerbrochene teetasse zusammenleimen kann.
die perlen krachen weiter, je weiter die spaziergänger sich

entfernen, und je weiter die spaziergänger sich entfernen und die perlen unter ihren hufen krachen, um so aufgeregter werden die gesten der pappeln. an den heißgelaufenen gittern, die in turnhosen rund um gärten für die meisterschaft trainieren, zischt eidechsenzüngiger flieder.
wenn die teetasse bricht, hängt sich vielleicht an den sprung des behobenen schadens eine erinnerung und befestigt dort einen henkel.

das bisherige england war eine rose als trabant einer hutschachtel. aber auf der mausgrauen haut des herbstgewordenen grafen, der als hunderte umgekippte eiserne sessel am rand des künstlichen sees den hyde-park-winter durchkniete, öffnen die märzturbinen ihre gierigen schnäbel. reporter tauchen auf, die ausgehungerten kameras an der leine, und erwarten den aufstand der massen des grases. wir sind die ersten klarinetten dieses frühlings, sagt eine amsel zu ihrer amsel.

das bisherige england war ein hut ohne dornen, eine rose in der schachtel. aber was wären alle fernsehtürme, die ihre hutnadeln an den horizont stecken, hätten die rostroten hundewalzen aus wales für kuhfüße keine zähne mehr. so werden die beine der besitzer der rostroten hundewalzen aus wales und die untersten beine der frauen der besitzer der rostroten hundewalzen aus wales kuhfüße, und werden kuhfüße werden, solange die rostroten hundewalzen aus wales zähne besitzen. haben sie keine angst, er knabbert nur. das erklärt den gebrauch der rostroten hundewalzen in wales wo es kühe gibt.

churchill lief nach vorne und
stolperte über seine hände.

churchill saß als churchill im mantel neben seiner frau frau churchill im theater und schaute ins theater. churchill im mantel saß noch nicht im mantel neben seiner frau frau churchill im theater und schaute ins theater, als er durchs tor des theaters ins theater schaute und ging und durchs tor und durchs tor zwischen bücklingen und durch den gang und durchs tor neben seiner frau frau churchill aber durchs enge tor vor seiner frau frau churchill und durch den gang zwischen bücklingen durchs theater ging und ins theater schaute, während die herren und die damen und die jugend nicht mehr saßen weil sie nicht wußten daß churchill im mantel neben seiner frau frau churchill ins theater kam und schaute sondern standen weil sie sahen oder gesagt bekommen hatten und daher alle wußten daß churchill im mantel neben seiner frau frau churchill durchs tor des theaters ins theater geschaut hatte und gegangen war und durchs tor und durchs tor zwischen bücklingen und durch den gang und durchs tor neben seiner frau frau churchill aber durchs enge tor vor seiner frau frau churchill und durch den gang zwischen bücklingen durchs theater gegangen war und ins theater geschaut hatte und jetzt gerade jetzt im mantel neben seiner frau frau churchill durch den gang zwischen den sitzen rechts und links auf denen die herren und die damen und die jugend gesessen waren die jetzt standen und mit den händen klatschten nach vorne ging und sich in der vierten reihe rechts links neben seiner frau frau churchill im mantel niedersetzte und sich umdrehte bevor er sich links neben seiner frau frau churchill im mantel niedersetzte und die herren und die damen und die jugend die standen und mit den händen klatschten mit seinem zeichen das ein sieges-vau auf zwei fingern ist grüßte. dann saß churchill als churchill im mantel und nicht als sir winston noch nicht als sir winston neben seiner frau frau churchill im theater schaute ins theater und die vorstellung begann.

das bisherige england war eine niere ohne reh, eine ente ohne xylophon, eine irrfahrt ohne schnecken. seit drei tagen tanzen jedoch mehrere siebzehn tennisbälle auf ihren kleinen filzigen zehen und verlieren da und dort eine zitrone. von nah und fern kommen die golfschläger, die beichtgelegenheiten und die kniewärmer, um dieses schauspiel zu betrachten.

jeder engländer hat eine form. daher haben verschiedene engländer verschiedene formen, viele engländer haben viele formen, und alle engländer haben gewiß nicht alle formen aber viele. gewisse engländer haben gewisse formen, und verschiedene engländer haben viele und viele haben viele verschiedene, verschiedene gleiche und verschiedene verschieden viele. viele engländer haben umgangsformen, hutkrempen und nagelschmutz, mückenstiche, kinnhaken, und verschiedene eine gürtelrose. viele haben nasen. viele nasen haben an verschiedenen engländern verschiedene formen aber eine einzige formel: taschentuch. vier verschiedene engländer haben an verschiedenen tagen vier nasen aber eine einzige formel: taschentuch. ein einziger engländer hat viele verschiedene nasen in einer einzigen formel, aber nur eine einzige nase in der formel: taschentuch. so hat jeder engländer formeln. daher haben verschiedene engländer verschiedene formeln, viele engländer haben viele formeln, und blaue engländer habe gewiß nicht alle blaue formeln aber viele. so haben alle engländer viele verschiedene formen und formeln, aber während kein einziger engländer die gleichen formen hat als ein einziger engländer, haben von allen engländern alle von den vielen verschiedenen formeln alle von allen engländern eine einzige alle: ein halbierter doppelter ist ein ganzer. ein halbierter doppelter engländer ist ein ganzer, und welcher engländer wäre kein engländer als ein ganzer, also welcher engländer wäre kein halbierter doppelter als ein engländer und als ein ganzer? viele engländer haben umgangsformen, hutkrempen und nagelschmutz, mückenstiche, kinnhaken, und verschiedene eine gürtelrose. aber welcher engländer wäre nicht eher ein halbierter doppelter als kein ganzer? also haben alle engländer von den vielen verschiedenen formeln von allen engländern eine einzige alle: ein halbierter doppelter ist ein ganzer. ein verdoppelter halbierter ist ebenfalls ein ganzer und keine ausnahme die die regel bestätigt. ein halbierter dreifacher ist ein ganzer und ein halber, aber keine ausnahme die die regel bestätigt. ein halber ist aber kein engländer sondern ein ganzer. also ist ein halbierter dreifacher nur ein einziger engländer und ein halber. ein halber ist aber kein engländer. ein verdoppelter halbierter dreifacher hingegen ist dreimal ein ganzer. so stehen die engländer im wirtshaus und haben nasen.

london ist eine zahnpastatube. darum bringen die besucher ihre zahnbürsten mit. london ist eine zahnpastatube, die bei dem einen auf einem porzellanbett ruht und über die der andere stolpert, wenn er auf den fingerspitzen im mistkübel spazieren geht.
aber alles glück hat grenzen, und aus den duftgrüften der parfümerien steigen zahnpastamumien in tuben, von denen keine tube london ist.
die bäcker haben weiße hände, die bauern haben den samen dafür, aber der pflasterakrobat will sich garnicht aus der kette befreien, sondern münzen aus den geizkrägen ziehen, indem er sich immer fester in seine eiserne riesenschlange wickelt. adam kannte dieses kunststück, legte sich aufs bügelbrett und trocknete den schweiß seines angesichts. heiß muß er werden, sagen die geizkrägen, in denen die kupfermünzen zu goldklumpen und bierflaschen schmelzen, heiß muß er werden, bis seine ketten verdampfen. aber alles glück hat grenzen, die gebisse der lastschiffe kauen altes themsewasser, ein autobus kann hüpfen, und brücken klappen auf.

ein zusammenstoß, unter dem ein kind liegt, ist eine möwe, die dem roten dekan einen weiß-grauen frieden predigt. aber nicht alle fahrzeuge sind beflügelt, auch nicht die hageren. ihnen spielen die knochen den marsch, die blechernen schwingen die blechmützen, die fleischigen rollen den fleischball. wenn es dann zum zusammenstoß kommt, liegt ein kind unter jedem löschblatt, aber der rote dekan sagt, es ist nur ein fettfleck, und betet weiter mit den ellbogen. die möwen wohnen in eckigen zimmern und verschließen vor der nacht ihre augen mit kaugummi.

die meisten baumeister sind baumeister wie die meisten. aber einige baumeister sind baumeister wie wenige baumeister. das sind ungewöhnliche baumeister. die meisten baumeister wollen möglichst viel bauen. das sind die gewöhnlichen baumeister. das sind die meisten. einige baumeister bauen am meisten. das sind die erfolgreichsten baumeister. das sind die reichsten. die wenigsten baumeister wollen überhaupt nichts bauen. das sind die ungewöhnlichsten baumeister. die zitronenbäume blühen keine zitronen. auch sind die zitronen keine baumeister. und doch haben die meisten leute schon limonade getrunken, denn limonade ist mit architektur vereinbar. nur die wenigsten baumeister kennen keine zitrone oder wollen überhaupt nichts bauen. aber die zitronenbäume sind am eifrigsten. nur blühen die meisten baumeister keine zitronen. aber die meisten baumeister sind auch keine zitronenbäume. aber auch die zitronenbäume blühen keine zitronen. man hört oft sagen, england sei eine große violette zitrone in einer hutschachtel fünf meter neben einem baumeister, und london sei die zahnpastatube dieser violetten zitrone.

die kurzen jünglinge halten die köpfe unter die schwebenden magnetischen bärenfellmützen, die erde saugt sich an ihren fußsohlen fest, die schwebenden magnetischen bärenfellmützen ziehen an den kurzen jünglingen von oben aufwärts, die mütter der kurzen jünglinge sagen erfreut: er ist doch nicht so antimagnetisch, und die bärenfellmützen ziehen die jünglinge von oben aufwärts in die länge, während die fußsohlen der jünglinge briefmarken auf die erde kleben. wenn dann den langgewordenen jünglingen die bärenfellmützen passen, schwören sie einen eid, niemals in die mundharmonika zu spucken, in der der große traurige könig king sitzt, den sie bewachen. daraufhin erlernen die meisten von ihnen das spiel auf der pfennigorgel und hängen ihre mundharmonika ans herz eines trödlers.

eine winzige nasse wasserrose erkletterte die sieben sprossen des mondes. unter der kuppel der sankt pauls-kathedrale flüsterte sie: sind sie die flüstergalerie? ja, flüsterte die flüstergalerie zurück.

7 kuren

booooooooooooooooooooooooo
rrrrrannn
sse
mirrr
dda
ppu
pillllllllllllllllllllllllllllllllllllllllllllllll
eaussss
mmi
ttirrrn
booooooooooooooooooooooooo
rrrrra
hrrrrrrr
zzznnnrrtzt

wasser
kalt
wasser
kalt
kaltwasser
wasserkalt
kaltwasserkalt
wasserkaltwasser
kaltwasserkaltwasserkalt
wasserkaltwasserkaltwasser
ka
ku
ka
ku
ka
kur
kur
kur
kur
wasserkaltwasserkaltwasser
kaltwasserkaltwasserkalt
wasser
wasser
wasser
wasser
kalt
kalt
kaltkaltkalt
sebastian
ka
kur
ka
kur
kukuku
ka
kurkurkur
naturnatur so

natur soso
sebastian
wasserheil
kaltwasserheil
kaltwasserheilwasserheil
heilwasserwasserkalt
heilkalt
ka
kur
ka
kur
kukuku
knei
p
p
p
knei
p
p
kneipp sebastian

einganzeslavoireinganzeslavoireinganzeslavoireinganzeslavoi
reinganzeslavoireinganzeslavoireinganzeslavoireinganzesla
voireinganzeslavoireinganzeslavoireinganzeslavoireing
anzeslavoireinganzeslavoireinganzeslavoireingan
zeslavoireinganzeslavoireinganzeslavoir
beschützmichgottvorsovielwasser

bitteschneu
2
3
4
5
6
7
8
9
10
bitteschneu
3
4
5
6
7
8
9
10
bitteschneu
4
5
6
7
8
9
10
bitteschneu
5
6
7
8
9
10

bitteschneu
6
7
8
9
10
bitteschneu
7
8
9
10
bitteschneu
8
9
10
bitteschneu
9
10
bitteschneu
11

stilton cheese
cureth
warts
wormeth
through needles
calleth
BBC
moist soulful

drei visuelle lippengedichte

diese gedichte sind gewidmet:
dem schnurrbart von daniel jones,
dem großen englischen phonetiker

das visuelle lippengedicht ist die umkehrung des visuellen papiergedichtes. der rezitator ist das papier des visuellen lippengedichtes. das visuelle lippengedicht wird ohne tonbildung gesprochen. es wird mit den lippen in die luft geschrieben. der ungeübte leser spricht das visuelle lippengedicht vor dem spiegel. beim geübten leser genügt die bewegung des mundes, um den visuellen eindruck des gedichtes entstehen zu lassen. wer visuelle lippengedichte auswendig kann, wird nie mehr völlig erblinden. das visuelle lippengedicht hebt taubheit, stummheit und taubstummheit auf. den blindgeborenen allein vermag es nicht zu erreichen.

1

ö i u a
ö i u a
ö i u a
ö
i———i
u
a
a
a

2

m
w
m
w
m
w
o
m

3

a
ba
a
ba
f
i
ba
bi
ab

8 der blitz

der blitz der in der schlange entsteht
fährt im zickzack aus derselben nieder
wie sich die wolke bewegt

hohe gegenstände
werte gegenstände
geehrte gegenstände
verehrte gegenstände
erlauchte gegenstände
sehrgeehrte gegenstände
sehrverehrte gegenstände
hochzuverehrende gegenstände
hochverehrte gegenstände
hochgeehrte gegenstände
erlauchte gegenstände
verehrte gegenstände
geehrte gegenstände
werte gegenstände
hohe gegenstände

trifft der blitz
solche die auf freiem plane sich bewegen
berggipfel die auf freiem plane sich bewegen
türme die auf freiem plane sich bewegen
bäume die auf freiem plane sich bewegen

solche reiter
trifft der blitz

schützen nicht
riegel und harnisch
schützen nicht
riegel und harnisch
schützen nicht
riegel und harnisch

ziehen
und wie sie so ziehen
ziehen sie und ziehen sie
und wie sie so ziehen und ziehen
ziehen sie so und so und so und so und so
und ziehen und ziehen und ziehen so und so und so
und wie sie so ziehen und ziehen und so und so und so ziehen
und ziehen und ziehen und ziehen so und so und so
ziehen sie so und so und so und so und so
und wie sie so ziehen und ziehen
ziehen sie und ziehen sie
und wie sie so ziehen
ziehen

riegel und harnisch
den blitz sogar an
schützen nicht
den blitz sogar an
riegel und harnisch
den blitz sogar an

das mädchen bringt blumen und früchte
aus einem glücklichern himmelsstrich

übrrlll
drrrngtrrr
drrrch

übrrlll
drrrngtrrr
drrrch

übrrlll
drrrngtrrr
übrrlll
drrrngtrrr
übrrlll
übrrlll

drrrch
drrrch
drrrch
drrrch

aber besonders gern benützt er für seinen weg
METALL
stein
stein
maur
maur
maur
stiegenhaus
stiegenhaus
stiegenhaus
stiegenhaus
hlz
hlz
hlz
hlz
hlz
aber besonders gern benützt er für seinen weg
METALL

auch
auch kommt
auch kommt er
auch kommt er aus

kommt er
kommt er auch
kommt er aus auch

auch
auch kommt
auch kommt er
kommt er auch aus
er kommt aus

er kommt auch aus
er kommt aus auch
aus kommt er auch
auch aus kommt er
auch er kommt aus

der atmosfäre
der auster
aus der atmosfäre
der auster
aus der auster
der atmosfäre
aus der auster der atmosfäre der auster
aus der atmosfäre der auster der atmosfäre
aus der auster der auster der atmosfäre
aus der atmosfäre der atmosfäre der auster

mit schnelligkeit und wut

niemand kennt den ursprung des mädchens
niemand weiß wohin es geht

bäume im forst
bäume im forst
bäume im forst
schmelzet
bäume im forst
schmelzet
zu schwach
metall
zu schwach
metall
o schwach
metall
zu schwach
metall
o zu schwach
metall
o du
zu schwach
o du
zu schwach
o du
zu schwach

bäume im forst
bäume im forst
bäume im forst

und seine gewalt vernichtet im blick
und seine gewalt vernichtet in den augen
und seine gewalt vernichtet in den augen

baum

ein
doo
ein
doo
dooschlogdadoo
dooschlogdadoo
ein
doo
ein
doo
dooschlogdadoo
dooschlogdadoo
dooschlogdadoo
dooschlogda
ein
doo
ein
doo
dooschlogda
dooschlogda
ein
doschlogdadood
dooschlogda
ein
doschlogdadood
dooschlogda
ein
doschlogdadood
doschlogdadood
doschlogdadood
dooschlogda
dooschlogda
doo
schloogda
doo
schloogda
doo
doo
doo
ein
doo

kaum aber hat sich der blitz entladen so sehen wir

nichts mehr von ihm

er ist erloschen
er ist erloschen

9 jahreszeiten

springbrunnen

die blumen haben namen um, die parkbänke rodeln unter den doppelkinnen der liebespaare, die wolken tanken blaues benzin und jagen mit fliegenden krawatten über den himmel. aus den astlöchern der straßenbahnkontrollore schlüpfen honigfrische schmetterlinge, spucken einander in die schnurrbärte und drehen daraus eine drahtseilbahn. zwei matratzen wiehern plötzlich wie kühe und werden von einem amtsrat in die mütze gemolken. hölzerne knaben werden über nacht zu vaselinlöwen und brüllen wie kandelaber, die mädchen essen mit stimmgabeln, und die stecknadelköpfe der professoren gehen in den halskrausen der gänseblümchen unter.

der atlas

der atlas
muß
den globus
tragen
auf dem

der major
der matador
und ein bataillon barone

blumensträuße
jagen

in weißem hemd
pocht
die trübe nacht

am strand
klagen
die purpurschuh

mein gürtel
dämmert
zum haus zurück

mein boot
spiegelt
im mohnduft

mineralien
irren
hier im wald

aus dem lieben mund
ziehen
duftende becher

die wunderschöne kleine
hängt
im apfelbaum

im staube
gehet
alexis

im

wolken
ticken

es musikt
durch die wand

wolken

ticken

schreiefenstern

des vaters
knie
blickt schon schwächer

die ohren
der kleinen kinder
fallen raschelnd

einsam
welkt
ein meisterstück

ein schneebild

bitter
　　　bitter schon
bitteschön
　　　bildschön
　　　　　　　　　bildschöne puppe
　　　bittere pupille
bitteschön

schneebild
　　　　　mit dem vogel
schneebild
　　　　　der vogel
schneebild
　　　　　mit dem vogel

weiß weiß weiß weiß weiß ich
blau
bst du mir
grün grün grün grün
grünßen sie ihn von mir
grünßen sie ihn von mir
grünßen sie ihn von mir
vio
letztes mal
vio
letztes mal
rot rot rot rot
schherunter
rot
schherunter
rot
schherunter

bst

treiben
im schnee
treiben
im schnee
treiben
im schnee
treiben
im schnee
treiben

dezem
      ember
    zember

kalligrafiert

die krähe

10 zehn abend-gedichte

eos

willkommen o
zuckt
neumann
blick her auf mich

als vogel ist er
faul im korb
ich zücke
lava

früh dir rosen
aber du
bist
schultern

bald im blauen
fällt dir
feuer
vor meine füße

das stürmische doch
sucht mich

das stürmische doch
sucht mich im trauern

das stürmische doch
sucht mich

daß ich im trauern
sanft und klar

härte

ein reh

zweier
frauen
baden
dreht
ein reh
aus silbernem papier

spott
um einen kuß
gemauert
bringt
sie
in unsre gräber

flamme
der
warmen
blumen
tret ich hinzu
weil andre
blute
längst vermorscht
sind

nie hab ich

bild
geht
leise

krank
sprüht
durchrann

vögel schar
füllt
strahlen

osten
fegt
wahrer mund

fort
korn
weit wie

fort
korn
wie weit

weit
wie
schiffbruch

wie
weite

zu dir
mich schauen

ich
ging

und meine
ich träume

du

hast es verschuldet
der großen brille
klüften

die sonne hatte
schon die halme
froh

dunklen lichtes voll
geht
nach der erde

deine stille

sinkt

vergessen
der rotbrust
tod

tier und vögel
klagen
niedergang

nagen
lichte

der ärmste
soll
da schloß

eine quelle
seines steigens
wiesen

tauben
in einigen
jahren

ich bin schön
schwellen
lichte

sanft und klar

das stürmische doch
die bei den
fetter grüne du
hast du besser

sucht mich ein
daß dich der
im trauern soll sich
da was mein friedel

sanft und klar
durch dein wort nur
süß ists wenn
saug ich aus

nicht mehr wonach
ein korn von bisam
härte schwand auf
dorthin mit dir

neig dich der
nur noch ein
das ward ihm
herrin wär

ist auch ein
nun nimmermehr
weiß ich wer
wohin die

11 bestiarium

unendlich
unentbehrlich
unentgeltlich
die haarnadel einer forelle
die blauen handschuhe einer henne
die mütze einer roten maus

eulen

bist eulen
ja
bin eulen
ja ja
sehr eulen

bist auch eulen
ja
bin auch eulen
sehr eulen
ja ja

will aber nicht mehr eulen sein
bin schon zu lang eulen gewesen

will auch nicht mehr eulen sein
bin auch schon zu lang eulen gewesen

ja
mit dir da
mit dir da auch
bin nicht mehr eulen ja
bin nicht mehr eulen auch
ja ja
ja ja auch

doch wer einmal eulen war
der wird eulen bleiben immer
ja

ja ja

auf dem land

rinininininininininDER
brüllüllüllüllüllüllüllüllEN

schweineineineineineineineineinE
grununununununununZEN

hununununununununDE
bellellellellellellellellEN

katatatatatatatatZEN
miauiauiauiauiauiauiauiauEN

katatatatatatatatER
schnurrurrurrurrurrurrurrurrEN

gänänänänänänänänSE
schnattattattattattattattattERN

ziegiegiegiegiegiegiegiegEN
meckeckeckeckeckeckeckeckERN

bienienienienienienienienEN
summummummummummummummummEN

grillillillillillillillillEN
ziririririririrPEN

fröschöschöschöschöschöschöschöschE
quakakakakakakakakEN

hummummummummummummummummELN
brummummummummummummummummEN

vögögögögögögögögEL
zwitschitschitschitschitschitschitschitschERN

viel
vieh
o
so
viel
vieh
so
o
so
vieh
sophie
o
sophie
so
solo
sophie
solo
so
o
so
solo
sophie
o
so
viel
vieh
sophie
o
so
solo
sophie
o
so
viel
sophie
so
viel
vieh

o
sophie
so
viel
o
sophie
o
so
viel
vieh
o
sophie
so
viel
o
sophie
so
viel
o
sophie
so
viel
vieh
o
sophie
o
so
viel
o
sophie
viel
o
sophie
viel
o
o
sophie

die klinke des pinguins

der fuß die blume das horn der bach die bühne die feder der
mond das brot der pelz die uhr der krebs das geld die
schnalle der blitz die glocke das nest die gabel der teppich
das pendel der mantel die zunge die kugel der herbst die
schlinge das pult der kater die taste der sand die trompete
die wiese der zwirn das schwert die rübe der bock der besen
die spinne der kübel die sonne der hund der brunnen die
amsel das kompott der henkel die zehe die schnecke der
schein das ohr die schnur die pupille die drossel die schere
der keller das florett die küste die achsel der hammer die
geige der ziegel das schiff die birne der schlüssel die peit-
sche der kalender der fisch der frack das kreuz der zahn der
wein das kamel die melone das lied das geweih der baum die
forelle die sichel der regen die daune das glas das kinn die
zinke das echo der tee der kuß das blei der daumen die hum-
mel das fleisch der tenor die wüste das ei die fahne der ba-
stard die lücke das zebra das rätsel der lift die seele die
milch der ball die treppe der frosch der faden die jause die
klinke der pinguin

beim fuß ohne blume mit dem horn beim bach ohne bühne
mit der feder beim mond ohne brot mit dem pelz bei der uhr
ohne krebs mit dem geld bei der schnalle ohne blitz mit der
glocke beim nest ohne gabel mit dem teppich beim pendel
ohne mantel mit der zunge bei der kugel ohne herbst mit der
schlinge beim pult ohne kater mit der taste beim sand ohne
trompete mit der wiese beim zwirn ohne schwert mit der rübe
beim bock ohne besen mit der spinne beim kübel ohne sonne
mit dem hund beim brunnen ohne amsel mit dem kompott
beim henkel ohne zehe mit der schnecke beim schein ohne
ohr mit der schnur bei der pupille ohne drossel mit der schere
beim keller ohne florett mit der küste bei der achsel ohne
hammer mit der geige beim ziegel ohne schiff mit der birne

beim schlüssel ohne peitsche mit dem kalender beim fisch ohne frack mit dem kreuz beim zahn ohne wein mit dem kamel bei der melone ohne lied mit dem geweih beim baum ohne forelle mit der sichel beim regen ohne daune mit dem glas beim kinn ohne zinke mit dem echo beim tee ohne kuß mit dem blei beim daumen ohne hummel mit dem fleisch beim tenor ohne wüste mit dem ei bei der fahne ohne bastard mit der lücke beim zebra ohne rätsel mit dem lift bei der seele ohne milch mit dem ball bei der treppe ohne frosch mit dem faden bei der jause ohne fuß mit der blume beim horn ohne bach mit der bühne bei der feder ohne mond mit dem brot beim pelz ohne uhr mit dem krebs beim geld ohne schnalle mit dem blitz bei der glocke ohne nest mit der gabel beim teppich ohne pendel mit dem mantel bei der zunge ohne kugel mit dem herbst bei der schlinge ohne pult mit dem kater bei der taste ohne sand mit der trompete bei der wiese ohne zwirn mit dem schwert bei der rübe ohne bock mit dem besen bei der spinne ohne kübel mit der sonne beim hund ohne brunnen mit der amsel beim kompott ohne henkel mit der zehe bei der schnecke ohne schein mit dem ohr bei der schnur ohne pupille mit der drossel bei der schere ohne keller mit dem florett bei der küste ohne achsel mit dem hammer bei der geige ohne ziegel mit dem schiff bei der birne ohne schlüssel mit der peitsche beim kalender ohne fisch mit dem frack beim kreuz ohne zahn mit dem wein beim kamel ohne melone mit dem lied beim geweih ohne baum mit der forelle bei der sichel ohne regen mit der daune beim glas ohne kinn mit der zinke beim echo ohne tee mit dem kuß beim blei ohne daumen mit der hummel beim fleisch ohne tenor mit der wüste beim ei ohne fahne mit dem bastard bei der lücke ohne zebra mit dem rätsel beim lift ohne seele mit der milch beim ball ohne treppe mit dem frosch beim faden ohne jause mit dem fuß bei der blume ohne horn mit dem bach bei der bühne ohne feder mit dem mond beim brot ohne pelz mit der uhr beim krebs ohne geld mit der schnalle beim blitz ohne glocke mit dem nest bei der gabel ohne teppich mit dem pendel beim mantel ohne zunge mit der kugel beim herbst ohne schlinge mit dem pult beim kater ohne taste mit dem sand bei der trompete ohne wiese mit dem zwirn beim schwert ohne rübe mit dem bock beim besen ohne spinne mit dem kübel bei der sonne ohne hund mit dem brunnen bei der amsel ohne kompott mit dem henkel bei der zehe ohne schnecke mit dem schein beim ohr ohne schnur mit der pupille bei der drossel ohne schere mit dem keller beim florett ohne küste mit der achsel beim hammer ohne geige mit dem ziegel beim schiff ohne birne mit dem schlüssel bei der peitsche ohne kalender mit dem fisch beim frack ohne kreuz mit dem zahn beim wein ohne kamel mit der melone beim lied ohne geweih mit dem baum bei der forelle ohne sichel mit dem regen bei der daune ohne glas mit dem kinn bei der zinke ohne echo mit dem tee beim kuß ohne blei mit dem daumen bei der hummel ohne fleisch mit dem tenor bei der wüste ohne ei mit der fahne beim bastard ohne lücke mit dem zebra beim rätsel ohne lift mit der seele bei der milch ohne ball mit der treppe beim frosch ohne faden mit der jause bei der klinke ohne pinguin

die fußblume das blumenhorn der hornbach die bachbühne die bühnenfeder der federmond das mondbrot der brotpelz die pelzuhr der uhrenkrebs das krebsgeld die geldschnalle der schnallenblitz die blitzglocke das glockennest die nestgabel der gabelteppich das teppichpendel der pendelmantel die mantelzunge die zungenkugel der kugelherbst die herbstschlinge das schlingenpult der pultkater die katertaste der tastensand die sandtrompete die trompetenwiese der wiesenzwirn das zwirnschwert die schwertrübe der rübenbock der bockbesen die besenspinne der spinnenkübel die kübelsonne der sonnenhund der hundebrunnen die brunnenamsel das amselkompott der kompotthenkel die henkelzehe die zehenschnecke der schneckenschein das scheinohr die ohrschnur die schnurpupille die pupillendrossel die drosselschere der scherenkeller das kellerflorett die florettküste die küstenachsel der achselhammer die hammergeige der geigenziegel das ziegelschiff die schiffsbirne der birnenschlüssel die schlüsselpeitsche der peitschenkalender der kalenderfisch der fischfrack das frackkreuz der kreuzzahn der zahnwein das weinkamel die kamelmelone das melonenlied das liedgeweih der geweihbaum die baumforelle die forellensichel der sichelregen die regendaune das daunenglas das glaskinn die kinnzinke das zinkenecho der echotee der teekuß das kußblei der bleidaumen die daumenhummel das hummelfleisch der fleischtenor die tenorwüste das wüstenei die eifahne der fahnenbastard die bastardlücke das lückenzebra das zebrarätsel der rätsellift die liftseele die seelenmilch der milchball die balltreppe der treppenfrosch der froschfaden die fadenjause die jausenklinke der klinkenpinguin

auf dem fuß der blume und unter dem horn des baches auf der bühne der feder und unter dem mond des brotes auf dem pelz der uhr und unter dem krebs des geldes auf der schnalle des blitzes und unter der glocke des nestes auf der gabel des teppichs und unter dem pendel des mantels auf der zunge der kugel und unter dem herbst der schlinge auf dem pult des katers und unter der taste des sandes auf der trompete der wiese und unter dem zwirn des schwertes auf der rübe des bockes und unter dem besen der spinne auf dem kübel der sonne und unter dem hund des brunnens auf der amsel des kompotts und unter dem henkel der zehe auf der schnecke des scheines und unter dem ohr der schnur auf der pupille der drossel und unter der schere des kellers auf dem florett der küste und unter der achsel des hammers auf der geige des ziegels und unter dem schiff der birne auf dem schlüssel der peitsche und unter dem kalender des fisches auf dem frack des kreuzes und unter dem zahn des weines auf dem kamel der melone und unter dem lied des geweihs auf dem baum der forelle und unter der sichel des regens auf der daune des glases und unter dem kinn der zinke auf dem echo des tees und unter dem kuß des bleis auf dem daumen der hummel und unter dem fleisch des tenors auf der wüste des eies und unter der fahne des bastards auf der lücke des zebras und unter dem rätsel des lifts auf der seele der milch und unter dem ball der treppe auf dem frosch des fadens und unter der jause der klinke auf dem pinguin

pinguinklinken klinkenjausen jausenfäden fadenfrösche froschtreppen treppenbälle ballmilch milchseelen seelenlifte lifträtsel rätselzebras zebralücken lückenbastarde bastardfahnen fahneneier eiwüsten wüstentenöre tenorfleisch fleischhummeln hummeldaumen daumenblei bleiküsse kußtee teeechos echozinken zinkenkinne kinngläser glasdaunen daunenregen regensicheln sichelforellen forellenbäume baumgeweihe geweihlieder liedmelonen melonenkamele kamelweine weinzähne zahnkreuze kreuzfräcke frackfische fischkalender kalenderpeitschen peitschenschlüssel schlüsselbirnen birnenschiffe schiffsziegel ziegelgeigen geigenhämmer hammerachseln achselküsten küstenflorette florettkeller kellerscheren scherendrosseln drosselpupillen pupillenschnüre schnurohren ohrenscheine scheinschnecken schneckenzehen zehenhenkel henkelkompotte kompottamseln amselbrunnen brunnenhunde hundssonnen sonnenkübel kübelspinnen spinnenbesen besenböcke bockrüben rübenschwerter schwertzwirne zwirnwiesen wiesentrompeten trompetensand sandtasten tastenkater katerpulte pultschlingen schlingenherbste herbstkugeln kugelzungen zungenmäntel mantelpendel pendelteppiche teppichgabeln gabelnester nestglocken glockenblitze blitzschnallen schnallengeld geldkrebse krebsuhren uhrenpelze pelzbrote brotmonde mondfedern federbühnen bühnenbäche bachhörner hornblumen blumenfüße

seit der fuß für die blume mit dem horn beim bach hinter der bühne ohne feder den mond um brot im pelz nach der uhr an krebs wegen geld anstatt der schnalle zugunsten des blitzes innerhalb der glocke zwischen nest und gabel ungeachtet des teppichs auf dem pendel unterhalb des mantels oberhalb der zunge als kugel gegen den herbst der schlinge halber samt pult und kater um der taste willen deren sand für die trompete mit der wiese beim zwirn hinter dem schwert ohne rübe den bock um einen besen in der spinne nach dem kübel an der sonne wegen eines hundes anstatt des brunnens zugunsten der amsel innerhalb des kompottes zwischen henkel und zehe ungeachtet der schnecke auf dem schein unterhalb des ohres oberhalb der schnur als pupille gegen die drossel der schere halber samt keller und florett um der küste willen obwohl die achsel für den hammer mit der geige beim ziegel hinter dem schiff ohne die birne den schlüssel um eine peitsche im kalender nach dem fisch an einem frack wegen eines kreuzes anstatt des zahnes zugunsten des weines innerhalb des kamels zwischen melone und lied ungeachtet des geweihs auf dem baum unterhalb der forelle oberhalb der sichel als regen gegen die daune des glases halber samt kinn und zinke um des echos willen wodurch der tee für den kuß mit dem blei beim daumen hinter der hummel ohne fleisch den tenor um eine wüste im ei nach der fahne an einem bastard wegen einer lücke anstatt des zebras zugunsten des rätsels innerhalb des lifts zwischen seele und milch ungeachtet des balles auf der treppe unterhalb des frosches oberhalb des fadens als jause gegen die klinke des pinguins

ernst jandls weihnachtslied

machet auf den türel
machet auf den türel
dann kann herein das herrel
dann kann herein das herrel
froe weihnacht
froe weihnacht
und ich bin nur ein hund
froe weihnacht
froe weihnacht
und ich bin nur ein hund

bestiarium

für gerhard rühm

rrrrrrrrrrrrrrrrrrrrrrrrrrrrrrrrrrrrrrrrrrrrrrrrrrrrrr
au
eise
rauß
weh
zelle
liege
geh
liege
geh
liege
geh
ecke
liege
geh
ecke
liege
rrrrrrrrrrrrrrrrrrrrrrrrrrrrrr
ops ops
s————————c————————h
pfau
au
pfau
au
pfau
au
rrrrrrrrrrrrrr
ameise
eise
ameise
eise
ameise
au

pfau
eise
ameise
au
libelle
belle
pfau
au
ameise
eise
belle
libelle
belle
libelle
belle
s—————c—————h
fliege
liege
geh
fliege
liege
geh
liege
geh
liege
geh
zelle
gazelle
gazelle
gazelle
liege
geh
liege
geh
ameise
fliege
pfau

belle
fliege
eise
libelle
au
belle
gazelle
fliege
gazelle
zelle
zelle
gazelle
geh
liege
geh
rrrrrrrrrrrrrrrrrrrrrrrrrrrrrr
bär
rrrrrrrrrrrrrr
bär
rrrrrrrrrrrrrr
bär
rrrrrrrrrrrrrr
bär
rrrrrrrrrrrrrr
ameise
eise
zelle
gazelle
libelle
belle
fliege
liege
geh
schnecke
ecke
ameise
ecke

schnecke
zelle
gazelle
ecke
schnecke
au
pfau
rrrrrrrrrrrrr
hirsch
s————c————h
goldfisch
s————c————h
löwe
weh
löwe
weh
löwe
weh
goldfisch
au
kalb
b
kalb
b b
kalb
s——c——h
ameise
eise
libelle
belle
wurm
rrrrm
wurm
rrrrm
kalb
b b
schnecke

necke
mops
ops ops
löwe
ops ops
löwe
weh
bär
rrrr
bär
rrrr
bär
ops ops
hirsch
au
ameise
eise
mops
ops ops
elch
ch ch ch
löwe
ch ch ch
goldfisch
b
kalb
b b
o o
floh
o o o
floh
o
pfau
au
ameise
eise
libelle

belle
fliege
liege
geh
gazelle
zelle
bär
rrrr
schnecke
ecke
necke
hirsch
s—c—h
goldfisch
s—c—h
löwe
weh
kalb
b b
wurm
rrrrm
mops
ops ops
elch
ch ch ch
floh
o o
ops ops
ch ch ch
rrrrrrrrrrrrrrrrrrrrrrrrrrrrrr
s————————c————————h
rrrrm
rrrrm
strauß
rauß
aus
maus
b b

12 epigramme

wo bleibb da
hummoooa
wo bleibb da
hummmoooooa
wo bleibb darrr
hummmmmooooooooooa
darrr kööönich vonn
hummmmmmmmoooooooooooooooooa
rrrrr

risch
risch
risch
risch
lüüüüüüüüüüü

gisch
gisch
gisch
gisch
traaaaaaaaaa

flisch
flisch
flisch
flisch
tooooiiiiiiiiiiiiiii

sisch
sisch
sisch
sisch
muuuuuuuuuu

tee : ein stück

:
:
lieber : tee
:

:
[egal] :
ich : tee
:

:
fragt :
[er nie] : tee
:

BESSEMERBIRNEN

als mehr kanonen

wieder ein reuter
und wieder ein reuter
und wieder ein reuter
und wieder ein reuter
was kann man da noch dementieren?

verscheuchung zweier farben

z
b
rz
lb
arz
elb
warz
gelb
s————c————h
gelb
warz
elb
arz
lb
rz
b
z

runzte ber

kin den übel
kin den übel
                    runzte ber
                    runzte ber
dach nem okitus
dach nem okitus
                    runzte ber
                    runzte ber
o natur
o natur
                    kin den übel
runzte ber

der vater
kontrolliert
seinen langen

bart

minz den gaawn

minz den gaawn
bill den baud
minz den gaawn
bill den baud
kittl koo
kittl koo
minz den gaawn
gnaz den eschn
ruttl znop

la zeechn u bapp
la zeechn u bapp
iileo zunggi
iileo zunggi
la zeechn u bapp
la zeechn u bapp
iileo zunggi
safftla

epigramm

brrrrrrrrrrrrrrrrrrrrrrrrrrrrrr
imäääääääa
imäääääääa
imäääääääa
imäääääääa
—
affe
—
k t

zweierlei handzeichen

ich bekreuzige mich
vor jeder kirche
ich bezwetschkige mich
vor jedem obstgarten

wie ich ersteres tue
weiß jeder katholik
wie ich letzteres tue
ich allein

lichtung

manche meinen
lechts und rinks
kann man nicht
velwechsern.
werch ein illtum!

fotografie a. ok.

in zeiten der
trauer lieg
ich auf der
lauer und
freue mich
diebisch
fragt sich nur worübisch

psssnt

es pssniest

ein psnychologe

japanische wunderblume

china
kann
kahn
kind

einst
weilen
wasser
lauben

schnu

p

f

ttabba

k k k k

13 klare gerührt

kla
kl   t
k   rt
            hrt
           ührt
k   rührt

klare [gerührt]
goethe

kla	
kl	t
k	rt
	hrt
	ührt
k	rührt
kl	erührt
kla	gerührt
klar	

hrt
ührt
k rührt
kl erührt
kla gerührt
klar egerührt
klar egerührt
kla gerührt
kl erührt
k rührt
ührt
hrt

kla	
kl	t
k	rt
	hrt
	ührt
k	rührt
kl	erührt
kla	gerührt
klar	egerührt
klar	egerührt
kla	gerührt
kl	erührt
k	rührt
	ührt
	hrt
k	rt
kl	t
kla	
klar	

```
   r e
  ar eg
 lar ege
klar eger
klar egerü
 lar egerüh
  ar egerühr
   r egerührt
     egerührt
     egerühr
   r egerüh
  ar egerü
 lar eger
klar ege
klar eg
 lar e
  ar
   r
     e
```

e
r
ar
lar
klar

k
kl
kla
klar

kla

r e

gerührt

```
k
 l           t
             t
              t
              t
              t
 a r          t
  ar          t
              t
    e         t
              t
              t
  ar          t
 a r          t
 ar           t
 ar           t
 a r          t
  ar          t
              t
             t
             t
              t
             rt
            h t
           ü  t
          r   t
         e    t
        g     t
              t
```

k
 l
  a
   r e
      e
      e
     e   t
      g   r
       e   h
        r ü
         ü

k
l
a
r e
e
e
e

e r
g ü
h
r
t

t
r
h
ü
r
e
g

e
e
e
e
e
k e
l e
a e
r e
e
e
e
e
e
e
e

t
r
h
ü
k r
l e
a g
r e

r
a
l
k

e
g
e
r
ü
h
r
t

```
      gerührt
      gerühr
      gerüh
      gerü
      ger
      ge
      g


      eg
    r ege
   ar eger
  lar egerü
 klar egerüh
 klar egerühr
  lar egerührt
   ar egerührt
    r egerühr
      egerüh
      egerü
    r eger
   ar ege
  lar eg
 klar e
 klar
  lar
   ar e
    r eg
      ege
      eger
    r egerü
   ar egerüh
  lar egerühr
 klar egerührt
 klar egerührt
k             t
```

klare gerührt
klare gerühr
klare gerüh
klare gerü
klare ger
klare ge
klare g
klare
klare
klar eg erührt
kla   ege rührt
kl   eger ührt
k   egerü hrt
 klar egerüh rt
 klar egerühr t
  lar egerührt
   ar egerührt
    r egerühr
      egerüh
      egerü
      eger
      ege
      eg
      e

      e
      eg
      ege
      eger
      egerü
      egerüh
      egerühr
      egerührt
      egerührt
      egerühr
      egerüh
      egerü
      eger
      ege
      eg
      e
k
 klar
  lar
   ar
    r

klare
klare
klare
klare
klare
klare
klare
klare
klare
klar
kla
kl
k

k
kl
kla   t
klar   rt
klar   hrt
kla   ührt
kl   rührt
k   erührt
        gerührt
       egerührt
k   egerührt
kl   gerührt
kla   erührt
klar   rührt
klar   ührt
kla   hrt
kl   rt
k   t
klar egerührt
 lar egerühr
  ar egerüh
   r egerü
     eger
     ege
   r eg
  ar e
 lar
klar
klar e
     eg
     ege
     eger
     egerü
     egerüh
     egerühr
     egerührt
     egerührt
     egerühr
     egerüh
     egerü
     eger
     ege
     eg
klar e gerührt

```
k
k
k




       g
 l     g
       g
       g
       g
       g
       g
 l     g
 l     g      t
       g     rt
  a    g    h t
  a    g   ü  t
       g  r   t
       g e    t
      e g     t
              t
              t
      e       t
  a      e    t
          r   t
           ü  t
    r     ü h t
    r     ü  rt
    r     ü   t
          ü
          ü
          ü
          ü
          ü





      e
      e








              t
```

hrt
rt
t

t
rt
hrt

kla
kl
k

k
kl
kla

r
ar
lar

t
rt
hrt

k
kl
kla

e
eg
ege

hrt
rt
t

hrt
rt
t

```
k
       t
k
  r    t

  r
k
   e
k
   e
  r

  r
k      t

k      t
  r

  r
   e
k
   e
k
  r

  r    t
k
       t
k
  r
   e
  r
k  e

k
  r
       t
  r
       t
```

Nachwort

Es gibt heute merkwürdige Klischees des Urteils: wer etwa für moderne Literatur ist, gilt von vornherein als Gegner der Tradition; aber auch umgekehrt, wer Vergangenes kennt und liebt, wird für einen Verächter der Moderne gehalten. Daß erst im Risiko der Progression, im Ausprobieren und ersten Benennen dessen, was eben nie vorher gesagt oder gezeigt worden ist, die Tradition sinnvoll eingelöst und ihr Erbe weitergetragen werden kann, dieser Gedanke widerspricht offenbar der Übereinkunft, auf die sich unsere Zeit eingelassen zu haben scheint.
Wenn ich sage: die in diesem Band vereinten Gedichte von Ernst Jandl sind Gedichte wie eh und je (soweit es je Gedichte wie eh und je gegeben hat), so dürfte ich das nach dieser Übereinkunft nur sagen als ein modernistischer Snob des Paradoxons oder aber mit der Ignoranz des Avantgardisten, der alles ignoriert, was vor 1911 geschrieben worden ist. Ich habe jedoch weder ein Paradoxon im Sinn, noch meine ich ein Ignorant zu sein. Ich sage in voller Überzeugung, daß dies Gedichte sind. Gedichte? Was ist ein Gedicht? Sind dies Gedichte? (Die Mechanik solcher Fragen scheint sich bis heute nicht merklich erschöpft zu haben.)
Es sind Gedichte sogar in einem ganz bestimmt auf Tradition bezogenen Sinn. Man erkennt es an den Überschriften der dreizehn Gruppen. *Mit Musik*: das sind Lieder. *Volkes Stimme*: das sind Dialektgedichte. *Krieg und so*: das sind politische Gedichte. *Doppelchor*: Liebesgedichte. *Autors Stimme*: autobiographische Gedichte. *Kuren*: didaktische Gedichte. *Der Blitz*: ein größeres Lehrgedicht. Ebenso: *Klare gerührt. Jahreszeiten*, *Zehn Abendgedichte*, *Bestiarium*: Naturlyrik. Und die *Epigramme* bedienen sich selbst eines Namens, dessen Tradition unbezweifelbar ist.
Aber stimmt das wirklich? Ist das Gebilde, das aus den Wörtern: canzone, ganz, ohne, völlig beraubt besteht, ein Lied in dem Sinn, in dem das *Heideröslein* ein Lied ist? Stellen die Buchstaben: s——c——h, tern, s————————————c————————————h, terben: so etwas wie ein Bekenntnisgedicht dar?
Jandl bezieht sich auf die Tradition und zieht sich zugleich zurück auf die bloßen Kennmarken des traditionellen Redens. Er zieht sich zurück auf ein sprachliches Rudiment (oder auch, an anderer Stelle, auf ein Sprachfeld, ein Sprachspiel, eine Redekette usw.), das er am Grunde dessen findet, was in der Überlieferung Gedicht hieß.

Dies Rudiment (mit allem, was sich aus ihm, aus seiner Wortwörtlichkeit erschließen läßt) verarbeitet er zu einem Modell, an dem sich zeigt, wie der Redende (und sein Leser, sein Nachsprecher) sich in der Sprache befindet.
Eins läßt sich leicht sagen: natürlich sind dies nicht Gedichte, die so aussehn wie Gedichte von Andreas Gryphius oder Joseph von Eichendorff. Aber sehen denn Gedichte von Eichendorff so aus wie solche von Gryphius, und sagt das irgend etwas darüber, wieweit es Gedichte sind oder nicht? Dies sind Gedichte von Ernst Jandl, verfaßt am Beginn der zweiten Hälfte des zwanzigsten Jahrhunderts. Freilich gibt es zur gleichen Zeit auch Gedichte von Georg von der Vring oder Ingeborg Bachmann. Aber auch solche von H. C. Artmann oder Franz Mon. Was besagt das?
Ich sollte jetzt wirklich sagen, was ein Gedicht ist, ein Gedicht schlechthin oder das Gedicht schlechthin. Und ich sollte sagen, worin das Besondere besteht, das zum Beispiel ein Gedicht von Goethe von dem Gedicht schlechthin unterscheidet. Oder eins von Jandl. Aber mache ich damit nicht ernst mit dem Klischee des Urteils, von dem ich doch im Grunde nichts halte? Tue ich nicht gerade den Gedichten Jandls unrecht, wenn ich sie so mit der großen Artillerie des historischen Gedankens verteidige?
Ein Gedicht besteht aus Sätzen, deren Inhalt und Form historisch bedingt ist. Aber es ist weder mit einer seiner historisch bedingten Redeweisen noch mit einer seiner historisch bedingten grammatischen Sonderformen identisch (auch diese sind einmal erfunden worden). Auch Jandls Gedichte bestehen aus Sätzen (oder Satzbruchstücken oder Wörtern oder durch Buchstaben gekennzeichneten Lauten), die ihre historische Bedingung haben. Nicht in irgendeinem weltanschaulichen Sinn oder im Sinn der zeitgemäßen Schlagworte. Sondern in bezug auf das, was sie enthalten, auf Sprache, auf Redenkönnen, auf das Sagbare. Daß Reden und Wovon-Reden eine grundsätzliche Dimension überschritten oder erreicht hat, daß Sprache in eine Krise geraten oder erst jetzt in ihrem wahren Wesen erkennbar geworden ist, das gehört zu den Schlagworten, aber sie beziehen sich auf etwas, und dies, auf das sie sich beziehen, hinterläßt seine Spur. Auch im Gedicht. Das Gedicht antwortet darauf. Eine dieser Antworten, die radikalste, wenn man will, war die Erfindung des Antigedichts. Aber es blieb (sei es als ›Parole in libertà‹ der Futuristen, als i-Gedicht von Kurt Schwitters, als Ecriture automatique der Surrealisten oder als Ein-Vokabel-Gedicht der Konkreten Poesie) Demonstrationsgegenstand. Es gibt weiterhin Gedichte. Es wird weiterhin Gedichte geben.

Zum Beispiel die von Ernst Jandl. Er verfaßt Gedichte nicht, indem er sich ›einstimmt‹ oder eine Stimmung ›verdichtet‹ oder seine Kontakte zu Sonne Mond See Wald Rosen Mädchenaugen zu ›magischen Beschwörungsformeln‹ benutzt usw.; er verfaßt Gedichte, indem er sich der Sprache stellt, sie aufgreift und in sie eindringt. Er beschreibt nicht Imagination, sondern er geht den Offenheiten der Sprache nach, den Offenheiten der Satzfügung wie der Redegewohnheit, des Vokabulars wie der sprachlichen Kleinstteile, um die Möglichkeiten auszunutzen, die diese Offenheiten darstellen. Möglichkeiten, die, realisiert, wiederum in diesem historischen Augenblick, sagen, was sagbar ist. Und um, vielleicht, damit, hinterher, Imagination anzuregen. Offenheiten: die inhaltliche Assoziation wird ebenso benutzt wie die klangliche, die Diskrepanz zwischen Schrift- und Lautbild ausgenutzt, die Ausdruckskraft entdeckt des unvollständigen, rudimentierten Satzes und Worts wie des Kalauers, Übersätze zu Wortfeldern aufgeschwemmt usw. Immer wieder ist es nicht die Abfolge der grammatischen Logik, die den Zusammenhang bestimmt, sondern der Fortgang von Überraschung zu Überraschung. Überraschung, wortwörtlich Unerwartetes, schnellt Sprache fort. Das bedeutet zugleich Witz, Sprachwitz, Wortwitz. Kaum ein Band Gedichte ist so witzig wie dieser von Jandl. Aber so witzig er ist, so wenig ist Jandl doch nur ein Verfasser von witzigen Gedichten.
Und wenn. Warum nicht? Witzige Gedichte sind heute besser als tiefsinnige oder sentimentale. Das Symbol erweist sich in jedem Fall als Leerform. Das Gedicht, so könnte man sogar generell sagen, ist witziger geworden. Es kommt nicht mehr ganz ohne Witz aus. Selbst dort, wo es lakonisch, finster, bitter, aggressiv auftritt, kann es seinen Witz nicht ganz verleugnen. Das bedeutet, unter anderem, Freizügigkeit. Gemüt ist nicht länger exemplarisch. Es dient dem Witz, der Doppelzüngigkeit, dem Sprachspiel. Der Tiefsinn des vage Ahnbaren, des nebulosen Lustgefühls am Unaussprechlichen ist abgewandert in die Evergreen-Industrie und kann sich auch dort, wie es scheint, nicht mehr recht behaupten.
Das Individuum, wenn man es denn so nennen will, ist weniger durch seine Innerlichkeit als durch seine statistisch erfaßbaren Daten definiert. Name: Ernst Jandl. Geboren: 1. 8. 1925 in Wien. Wohnort: Wien 2, Untere Augartenstraße 1–3/1/19. Beruf: Gymnasialprofessor. Staatsangehörigkeit: Österreichisch. Usw. Die Abwandlung der Vokale in dem Satz: du warst zu mir ein gutes Mädchen, genügt zu einem Liebesgedicht. So ist es mit unserer Rede und den Repräsentationsmöglichkeiten unserer Rede bestellt. Die von Me-

taphern quellenden Bekenntnisse sind, im Sinn der Aktualität, unverständlich geworden. Wenn wir sie verstehen wollen, müssen wir von einem solchen Satz Jandls zurückgehen und uns erinnern über uns selbst hinaus. Daß wir die Fähigkeit, dies zu tun, nicht verlieren, ist wichtig. Aber wir erhalten diese Fähigkeit nicht, indem wir das zu Erinnernde restaurieren wie ein Zimmer voll ererbter Möbel. Wir erhalten sie nur, wenn wir fortsetzen. Und Fortsetzung heißt: hier und jetzt.
Ich will hier weder eine Beschreibung noch eine Interpretation der Gedichte von Jandl liefern. Ich will andeuten und anreizen. Ich will sagen, daß dies Gedichte sind. Gedichte wie eh und je, wenn es je Gedichte wie eh und je gegeben hat. Gedichte von Ernst Jandl, verfaßt am Beginn der zweiten Hälfte des zwanzigsten Jahrhunderts. Gedichte von Ernst Jandl, nicht verächtlicher als die von Friedrich Hölderlin oder Eduard Mörike oder Wilhelm Busch. Was sie ›wirklich‹ sagen, was, wenn man so will, ihre Wahrheit ist, oder was, wenn man's anders will, ihre Information, das sollte natürlich jeder Leser selber herausfinden.

Helmut Heißenbüttel

Biblio-biographische Notiz

Ernst Jandl lebt in Wien; er wurde dort 1925 geboren. Nach Absolvierung des Gymnasiums 1943 zum Militär eingezogen, kehrte er 1946 aus amerikanischer Kriegsgefangenschaft zurück, um an der Wiener Universität Germanistik und Anglistik zu studieren. Er legte 1949 die Lehramtsprüfung ab und promovierte 1950 mit einer Dissertation über die Novellen Arthur Schnitzlers zum Dr. phil. Seit 1949 ist er als Lehrer an allgemeinbildenden höheren Schulen in Wien tätig. 1952/53 verbrachte er ein Jahr als Deutschlehrer in England, 1964/65 und von 1969 bis 1975 ließ er sich vom Schuldienst beurlauben. Seit 1952 veröffentlichte er Lyrik und Prosa in Zeitschriften und Anthologien, 1954 begann seine Freundschaft und literarische Zusammenarbeit mit Friederike Mayröcker. 1970/71 hielt er sich als Gast des DAAD (Berliner Künstlerprogramm) in Berlin auf, unterrichtete im Herbstsemester 1971 als ›Visiting German Writer‹

an der Universität von Texas in Austin und unternahm 1972 im Auftrag des österreichischen Bundesministeriums für Unterricht und Kunst zusammen mit Friederike Mayröcker eine Vortragsreise durch die U.S.A.
Nach der Veröffentlichung seines ersten Gedichtbuches, *Andere Augen*, Wien 1956, wandte er sich der experimentellen und konkreten Dichtung zu, ohne indes die Beschäftigung mit herkömmlichen Gedichtarten aufzugeben. Als erste Einzelpublikationen seiner experimentellen Lyrik brachten Max Bense und Elisabeth Walther 1964 in der Reihe »rot« den Titel *lange gedichte* heraus, Eugen Gomringer im gleichen Jahr den visuellen Zyklus *klare gerührt* in der Reihe »konkrete poesie« und Bob Cobbing 1965 in London als Band 11 von »writers forum poets« die Auswahl *mai hart lieb zapfen eibe hold*, ehe sein erster umfangreicher experimenteller Gedichtband *Laut und Luise* 1966 von Otto F. Walter und Helmut Heißenbüttel in der Reihe Walter-Drucke herausgegeben wurde. Diesem Buch von Gedichten vorwiegend aus den Jahren 1956 bis 1958, das 1971 in einer mittlerweile vergriffenen Taschenbuchausgabe neu aufgelegt wurde und dessen Sprechgedichte durch eine Schallplatte gleichen Titels weite Verbreitung fanden, folgten als weitere experimentelle Gedichtbände *sprechblasen* (1968), *Der künstliche Baum* (1970; ^{5}1975), *flöda und der schwan* (1971), *übung mit buben* (1973), *serienfuss* (1974), *wischen möchten* (1974) und *der versteckte hirte* (1975). Ernst Jandls zum Teil mit Friederike Mayröcker gemeinsam verfaßte Hörspiele erschienen 1971 unter dem Titel *Fünf Mann Menschen,* jenes Hörspiels, für das Friederike Mayröcker und Ernst Jandl den Hörspielpreis der Kriegsblinden erhielten. Einen Überblick über Ernst Jandls Beschäftigung mit Gedichten herkömmlichen Typus bietet sein mit einem Nachwort von Hans Mayer versehenes Buch *Dingfest* (1973), ferner der Gedichtzyklus *Alle freut, was alle freut* (1975), nach Bildern von Walter Trier. Proben aus seiner erzählerischen, dramatischen und theoretischen Arbeit enthält, nebst Lyrik, der Sammelband *Für alle* (1974).
Ernst Jandl ist Mitglied der Akademie der Künste Berlin, des »Forum Stadtpark«, Graz, sowie der Grazer Autorenversammlung. 1974 wurde ihm der Georg-Trakl-Preis für Lyrik, 1976 der Preis der Stadt Wien für Literatur zuerkannt.